청어詩人選 300

# 귀의歸意

## —가슴에 핀 꽃은 지지 않는다

안호원 시집

도서출판 청어

# 귀의歸意

## — 가슴에 핀 꽃은 지지 않는다

안호원 시집

This too shall pass away

이 또한 지나가리라

## 추천사

# 정녕 그대는 누구인가?
# 달인(達人)인가 아니면 천치(天痴)인가?

박억종

한세대 미래지식교육원
경찰행정학과 교수, 행정학박사, 시인

시인, 수필가, 칼럼니스트, 언론 방송인, PD, 연극인, 화가(한국화), 합창단 가수(오페라), 교수, 목사, 박사, 경비행기 조종사, 재난 안전 관리자, 사회복지사 스포츠마사지사, 응급처치사….

안 시인에게 따라 붙는 수식어는 나열하자면 참으로 길다. 한때 생산직 노동자들의 인권문제로 투쟁을 했던 안 시인은 언제나 밝은 모습이지만, 한편으로는 늘 공허한 무엇인가가 있어 보인다.

내가 아는 안 시인은 인간은 모두가 순수하고 착하게 태어난다는 '성선설'을 믿는다. 인간이 시기와 질투를 느끼고 갈등을 일으키는 것은 환경의 영향이지 인간 스스로가 나쁘기 때문은 아니라고 역설한다.

그래서일까. 안 시인의 글에는 공통점이 있다. 바로 '사랑' '그리움'에 대한 이야기가 녹아있다는 것이다. 남녀간의 '사랑'이 아닌 인간관계에서 필요한 '인간애(愛)'적 관점에서의 사랑과 그리움의 이야기다.

시를 쓰고 한국화(동양화)를 그리기도 했던 안 시인을 처음 만나게 된 계기는 2010년 4월 봄 정릉에 있는 한식집이었다. 후배 교수로부터 소개를 받은 안 시인은 다소 붉고 굵은 테 안경을 납작한 코에 걸은 채, 주의 분위기도 아랑곳하지 않고 사람이 살아가는 도리에 대해 열변을 토했다. 학교교육이 잘못되어가고 있다는 것이다.

몸집은 다소 배가 나온 듯 했지만, 지적인 어떤 매너에서 쉽게, 나는 안 시인과 말벗이 될 수가 있었다. 그 후로 서로가 의기투합해 국민대 앞에서 자주 만나 몇 잔의 소주를 빈 창자에 채우며, 때로는 노래방에서 노래도 부르는 사이가 되어버릴 정도로 친숙해졌다.

어쩌다 술이 생각나서 전화를 했다고 했던 안 시인. 며칠 전 불쑥 찾아와 12번째 시집을 낼 생각이라고 했다. 마지막 '유고집'이 될지도 모른다며 피식 웃는다. 안 시인이 던진 그 말 한마디, 같은 문인으로서 안 시인의 지루하고 안타까운 방황과 삶에 대한 애착을 가히 짐작할 수 있을 것 같았다.

안 시인은 오래 전 사고로 손을 다치기 전까지는 그래도 고향에서 지역문화를 발전시켜보겠다며 3년간 후배들과 '미술동호인전'을 개최하기도 했다. 그런 그에게 화랑(표구사) 등에서 그림을 팔 것을 권유받기도 했지만, 내가 알기에는 언제나 유혹에 빠지지 않았다.

안 시인은 입버릇처럼 "아무리 내가 힘들어도, 마음에도 없는 작품을 내놓고 고객을 속일 순 없잖아요." 하며 언제나처럼 술좌석에서도 유머러스한 말과 굵직한 목소리로 나를 즐겁게 해주었다.

무테안경으로 바뀌었지만 단 한 마디도 어려움에 대해서는 전혀 내색을 하지 않았다. 꾸밈도 없고 남을 탓하려 들지도 않았으며 언제나 그랬듯이 평온한 마음뿐이었다. 그러면서도 안 시인은 "이 땅의 현실 속에서 눈물과 분노로 가슴을 치며 기나긴 세월을 살아왔기에 그 뼈아픈 사연들을 쉽게 넘기려 하는 사람들에 대한 감정이 치솟아 오르는 분노와 아픔을 억제 할 수가 없었다."고 독백처럼 말했다.

난 안 시인을 '풀잎 같은 시객(詩客)'이라 부르고 싶다. 안 시인은 언론인에 앞서 여러 권의 책을 낸 시인이면서도 신학대를 졸업한 목사라는 신분을 갖고 있다.

무릇 시작(詩作)은 모든 사물을 인간의 구차한 삶보다 한 차원 높게 관찰하고 묘사하는 심오한 예술세계로 범상한 일이 아니다. 안 시인은 지난 1979년 『비온 뒤』라는 첫 시집 발간을 계기로 문단에 데뷔한 이래 『지는 잎 바라보며』, 『그대 있음에』, 『불씨 같은 그리움 하나』 등 무려 11권의 책을 발간한 중견 문인이다.

안 시인의 시를 자세히 살펴보면 인간의 따뜻한 삶과 인정에 가득한 소재들이 대부분이다. 이처럼 안 시인의 따스한 인간미는 이 같은 정서를 바탕으로 둔 것은 아닌가 싶다.

한때는 대학에서 후학들을 위해 수년 간 강의도 했지만, 목회자이기도한 안시인. 교회를 이끌고 있는 목회자는 아니지만, 그리스도를 믿고 순종하는 참 신앙인임에는 틀림없는 것 같다. 그런 안 시인이 어떻게 언론과 인연을 맺게 되었는지는 알 수 없으나 '사회의 목탁'이 되고자 하는 점에선 일맥상통하는 측면도 엿볼 수 있었다.

간혹 안 시인과 함께하는 모임이나 술자리에 있노라면 뚜렷한 재담이나 달변을 가진 사람은 아님에도 불구, 그의 말속에 빠져드는 묘한 것도 그와 같은 맥락이 아닌가 싶다.

안 시인은 시집을 내면서 이익금 전액을 남몰래 빈민 가정의 중학생들에게 장학금을 지급하고, 선교활동 등 각종 봉사단체에서 봉사회원으로 활동한 것도 뒤늦게 알았다. 그러면서도 자신은 누빈 옷을 입고 있다. 검소하다.

자신은 아니라고 말하지만 늘 세상을 아프게 보는 것 같다. 누가 그의 마음을 아프게 하는 것일까?

"빈손으로 태어나 많은 것을 얻고, 안식할 수 있는 가정과 사랑하는 가족이 생겼으니 이런 행복이 어디 있겠는가. 잠시 머물다 갈 인생, 전세 같은 삶, 부귀영화 누린들, 떠나면 아무것도 아닌 게지. 그저 꿈일 뿐이라오."

그가 읊는 독백의 소리가 가슴에 와 닿는다. 안시인, 정녕 그대는 누구인가? 달인(達人)인가 아니면 천치(天痴)인가? 소탈하게 웃는 동갑내기인 안 시인의 모습을 보면 왠지 모르게 나도 덩달아 마음이 아프다.

추천사

# 안 시인, 바람만 불어도 움직이는 이 시대의 몸부림 같은 바람개비

## –열두 번째 시집 『귀의(歸意)』 발간을 축하드리면서

정노천
시인

언제나 세상을 밝고 착하게, 그리고 떳떳하게 살아가려는 사람. 적어도 내가 아는 안호원은 그런 사람이다. 그는 그런 삶의 자세가 단단하다. 어설프게 척한다거나, 남 앞이니까 눈치 보여 어쩔 수 없이 한다거나가 아니다. 적어도 그의 마음 속 한켠에서 우러나는 행위를 변함없이 접한다.

그래서일까. 그는 늘 상대에게 투박한 미더움을 던져주고 있다. 2019년 12월 28일 겨울 '오동추'라는 모임이 결성됐다. 영등포에서 문학(시)을 하던 시인들 위주로 5명이 모인 모임체다.

오동추(五冬推)란 5명의 시인이 겨울에 결성한 단체라는 의미이다. '지적 허기'로 모인 '오동추'는 허무 의식도 얼비치며 만나면 소주잔으로 질편한 어둠을 거듭 떠 마시며

수상한 넋두리를 읊으면서 든든하게 상쇄시키기도 한다.

나이가 가장 많은 안호원 시인이 오동추 추장을 맡고 있다. 소띠(73세)로 70년 안에 추장의 인생을 구겨 넣으면 언론계에서 35년(현재 프리랜서 활동)간 적을 두고 일생을 보냈고, 지금도 엄청난 칼럼을 발표하고 있는 시사칼럼니스트로의 삶을 살아오고 있다.

또 목회자의 길로 들어서 목사의 길을 걸어 온 그의 삶은 밀도 높은 가치 지향적이고 봉사하는 삶의 연속이었다. 특히 학문 연구에도 욕심이 많아 지금도 학교에 적을 두고 공부를 하고 있는 안 시인은 5개의 박사학위(명예박사 3개)를 갖고 있다.

지금 12번째 시집을 상재하려고 준비하는 시인이라니 그의 인생은 종잡을 수 없이 버라이어티하다. 한마디로 그는 학문의 융합을 추구하는 학구파이자 실천을 중요시하는 활동가이다.

그밖에 그의 열정적인 삶을 드러내주는 스펙으로는 교수, 시인, 수필가, 연극배우, 화가, 오페라가수, 경비행기 조종사, 합기도 명예 5단 등 왕성한 활동을 하고 있는 현역이다.

재미있는 것은 한국방송대에서 20년 동안 한 학기도 휴학하지 않고 매년 등록했던 신기록을 세웠고, 지난 해(20년)졸업(법학)과 동시에 바로 청소년교육과 3학년에 편입하면서 서울지역대학장배 가요제에 출전, 대상을 타면서 노익장을 과시하기도 했다.

이밖에도 안 시인은 중등교사자격증 3개 외에 자격증

27개를 취득했고, 사회봉사활동 50년 등 대한민국 기네스북에 등재되었을 정도로 다이내믹한 삶을 살아 내고 있는 도전왕(명인 6호)이기도 하다.

잔인한 질문일수도 있지만 그런 안 시인에게 "언제 죽을지도 모를 나이에 써먹을 수도 없는 공부는 무슨 공부냐? 혹 '학력 콤플렉스'가 있는 거 아니냐?"고 물었다.

이에 안 시인은 "세끼 밥을 의식하고 먹는 게 아니듯 학습 역시 한 과정의 습관일 뿐이다. 하루를 살아도 인생은 끝없이 도전을 하는 거다. 살아있는 한 도전을 하는 거다. 도전하지 않으면 발전이 없다. 그렇지 않으면 귀한 시간을 덧없이 흘려보내는 거다. 모세처럼 언젠가는 쓰임 받는 날이 있을 거라고 생각해 준비를 할 뿐이다."라고 말했다. 갑자기 슬퍼진다.

안 시인의 시정신은 순수한 것에 바탕을 두고 있다. 어쩜 안 시인은 사랑의 양태를 잘 모르면서도 어쩔 수 없이 사랑의 본질을 건드려야만 하는 슬픈 운명을 지닌 사람인 것 같다.

그의 사랑은 가시적인 선행으로 곧잘 변질되어 나타나기도 한다. 혼자 있을 때는 사발면을 먹는데 1000원짜리 미만이란다. 이유는 봉사활동을 위해서는 재정을 아껴야 하기 때문이란다. 자신보다 처진 사람들에 대한 연민, 부조화에 대한 분노가 그를 에워싸며 부추길 때마다 안 시인은 항상 그 반대쪽에 웅크려있는 구원을 바라보며 사랑을 노래하고 실천하려고 한다.

마지막 가닿는 의식의 종착역, 안 시인에게 그것은 한

번도 어긋남 없이 기독교적 믿음으로 승화한다. 그의 시편들에 자주 등장하는 주제는 몸에 배인 저자의 선행이며, 그렇게 될 수밖에 없는 소이도 거기에 있는 것이다.

그런 안 시인이 또 하나의 사건을 만들었다. 열두 번째 시집을 만든다는 데, 시집 제목을 '귀의(歸意)'라고 명명했다. 본래의 뜻으로 돌아간다는 의도를 피력했다. 방하착도 아닌데 이젠 그 많은 것들을 단순화 시키며 귀의할(?) 수 있을까? 정말 궁금해진다.

심송(深頌) 또는 다미(多味)로 불리기도 하는 안 시인을 보면 마치 팔랑개비가 떠오른다. 바람만 만나면 가만있지 못하고 돌아가는 시대의 몸부림 같은 반응이다. 그 시대상을 즉각 반영하며 불의를 참지 못하고 돌아가는 힘. 그 연륜에 밀도 있게 온갖 일정을 소화해내는 지치지 않는 역동성은 어디에서 오는 걸까?

그것은 세상을 직시하는 시각일 것이다. 그리고 온건한 마음을 지닌 그의 열정과 봉사활동에서 호인다운 면모를 보며 덩달아 그의 인간성이 우리에게 귀감이 된다. 열두 번째 인생이치를 펴내는 것에 축하를 드린다.

## 시인의 말

# 먼 훗날, 누군가
# 내 이름 '석 자'를 기억해줄까?

Will someone remember
the three letters of my name in the far future

나는 매일 밤마다 죽는다. 그리고 아침이면 '부활'한다. 창밖의 소음을 들으며 살아있음에 감사한다. 눈을 뜨면서 드리는 기도는 늘 똑같다. "더도, 덜도 말고 그저 어제만큼만 살게 해 달라."고. 어제처럼, '오늘'만 그렇게 살자. '내일'은 영원히 오지 않는다. 해만 뜨면 오늘이다. 그래서 하루살이처럼 오늘이 '처음이자 마지막' 같은 '오늘'만 열심히 살고 싶다.

"'죽음을 생각하면서 사는 삶'과 '죽음을 외면하면서 사는 삶', 이 둘은 하늘과 땅 차이다."

살다 보면 '부고'의 소식을 접하게 된다. 그런 소식을 들을 때마다 가슴이 아프다. 그러면서도 나는 나 자신의 죽음에 대해 깊이 생각해본 적이 없었다. 대부분의 사람들조차 그 죽음이 나와는 상관없는 것으로 알고 있다. 나도 그랬듯, 그래서 우리는 죽음을 잊은 채 지나친 욕심을 부린다.

오래 전 염(殮)을 몇 번 해본 경험이 있다. 그때 불현듯 나도 언젠가는 죽겠구나. 실감을 했다. 정작 무서운 건 '죽은 자(死)가 아니라 산 자(生)'라는 것도 깨달았다. 그러면서 물음이 왔다. '그럼 어떻게 살아야 하지?' '무엇을 하며, 무엇을 위해 살아야 하지?' '내가 되고 싶은 '나(自我)'로 살려면 어떻게 살아야 하지?' 또 그런 나는 무엇인가? 여전히 물음엔 해답이 없다.

나름 많은 공부를 했다고 자부했다. 아는 것도 많았고, 잡다한 지식과 재능도 많았다고 생각했다. 그러나 내 삶에서 드러나는 행동은 그렇지 않았다. 사람들 만나 떠들고, 웃고, 연극도 하고, 노래도 부르고, 누드스케치도 하고, 경비행기를 타도, 내가 누구인가를 알지 못한 채 여전히 목마름뿐이었다. 그러면서도 지금 내가 원하는 삶을 산다는 그 자체가 행복하다.

고암 스님이 둥근 원을 그리고 "이 원 안에 들어가 있어도 30방, 나와도 30방이다. 어찌하겠느냐?" 제자에게 물었다. 제자는 깔고 앉은 방석을 머리에 이고 "이 방석이 원 안에 있습니까, 밖에 있습니까?" 하고 되묻는다. 나 같으면 아예 '원'을 지워버리겠다. '원'이 없어졌으니, 안(內)도 바깥(外)도 없을 것 아닌가! 그렇다. 마음을 비우고 내려놓으면 공(空)되는데, 마음을 비우지 못하다 보니, 남을 탓하거나 미워하는 거다.

그러나 모든 미움과 고통 뒤에는 반드시 내가 존재한다.

즉 원인은 나로부터 시작하기 때문이다. 역시 물음은 하나뿐이다. 다름 아닌 자유로워진 내가 누구인지를 찾아야 한다. '나는 누구인가?' 그 물음을 던져보는 것을 보면, 헛되게 산 것은 아닌 것 같다.

저 망망한 대해(大海)의 물을 한 움큼 쥘 수 있겠는가? 저 하늘의 구름을 한 움큼 쥘 수 있겠는가? 그리고 바람과 공기를 가슴 깊이 채울 수 있겠는가? 시간을 살 수 있겠는가? 죽음 또한 살 수 있겠는가.

아무것도 소유할 수 없다. 바람이 부는 대로, 구름이 흘러가듯, 그렇게 자연 앞에서 내가 누구인지도 모른 채, 걸어서 온 길 모르듯 또 어디로 가는지도 모르면서, 걸어서 갈 수 없는 길을 쉼 없이 가고 있다. 모든 것은 그런데도 속물(贖物)인 난 '남은 자'들에게 기억되길 바라며, 오늘도 억겁(億劫)의 세월에 꼬인 매듭을 푸는 수(收)를 놓고 있다. 이 또한 '속물의 근성'이 아니겠는가.

내 꿈 깨여 돌아가는 그 날, 마음만 심어놓고, 사랑만 가져가리라. 그리고 남은 시간, 내려놓는 연습을 더 하리라. 특히 백년거사와 40여 년 고락을 함께하며, 묵묵히 내조해온 내조의 여왕 윤명숙, 그리고 효심이 지극한 두 딸 수영과 진영, 아들 같은 사위 정용재와 늘 할아버지에게 따뜻한 눈길을 주는 손녀 의진이와 의현이에게 감사한 마음을 보낸다.

# 차례

## 추천사



## 시인의 말



## 제1부 그대가 있어 참 좋다

## 제2부 내 혼이 가슴으로 우는 까닭은

## 제3부 십자가의 사랑

## 제4부 꿈

인터뷰 기사

# 제1부

## 그대가 있어 참 좋다

# 그대가 있어 참 좋다

낮에는 해처럼 밤에는 달처럼
어둠과 빛으로,
내 가슴 깊숙이 머물러주는
그대가 있어 참 좋다
그대가 있어 참 좋다

가문 논바닥 갈라지듯
갈라진 내 마음
아침 이슬 같은 촉촉한 단비로
상처를 어우러주는
그대가 있어 참 좋다
그대가 있어 참 좋다

내 영혼을 태워
한줌의 재가 되는 그날까지
텅 빈 내 가슴에
사랑의 불씨로 남을
나의 영원한 동반자
그대가 있어 참 좋다
그대가 있어 참 좋다

# I am so happy because you are

Like the sun during the day,
like the moon at night
with darkness and light,
you stay deeply in my heart
I am so happy because you are.
I am so happy because you are.

My heart is like a droughty paddy field. Because you who heals the wounds with damp sweet rain like morning dew, I am so happy.

I am so happy because you are.
I am so happy because you are.

My eternal companion who will remain as a spark of love in my empty heart until the day when my soul is burned into a handful of ashes.

I am so happy because you are.
I am so happy because you are.

# 출가

하얀 종이배를 띄워
멀고 먼 나라로 흘러가는
꿈을 꾸었다

나무젓갈로 세운
밤색 돛 위에
곱디 고은 님의 하얀 얼굴
그려 붙이고

허공에 펄럭이는 그리움의 깃발
짝 잃은 갈매기 울음소리
들으며

다시는 돌아올 수 없는
구만리 망망대해(大海)로
흘러가는 꿈을!

# Leaving Home

I had a dream I floatet a white paper boat sailing to a remote country.

I drew and attached a beautiful sweetheart's white face on a chestnut color sail which was set with a wooden chopstick, while the flag of yearning was waving in the air.

Hearing the sad song of a seagull losing its match,
I dreamed flowing to a endless ocean where I would not return again.

# 자유로운 새가 되었으면

소리 하나가 멀리서
다급하게 들린다

차라리 한 마리 철새였으면 좋겠어
지금의 내가 아니라
옥(玉)빛 하늘 깊이 날개를 퍼덕이며
맘대로 날아오르고 내리는
그런 새였으면 참 좋겠다

꽃을 피우고 향기를 내뿜으면서도
제자리에만 우뚝 서 있는 나무가 아니라,
어디든지 걸어갈 수 있지만
날지 못하는 지금의 내가 아니라,
몸에도, 마음에도, 퍼덕이는 날개를 달고
어디든지 날 수 있는 새였으면 좋겠어

그런 한 마리 새가 되어
사랑에도, 이별에도, 마음 아파 눈물 흘리는
눈물을 모르는 새였으면 좋겠어

언제까지나 아득한 허공에 날개를 퍼덕이며
아무 꿈도 꾸지 않는 새였으면 좋겠어

# If I were a free bird

A sound is urgently heard from afar. I'd rather be a migratory bird. I want to be a bird freely flying up and down in the deep jewel colored sky fluttering it's wings.

Though I can walk anywhere, I do not like myself at present who cannot fly. I wouldn't like to be a tree which blooms, smells sweet and stands still in one place.

I want to be a bird with wings on its body and mind which can fly anywhere. I do not want to shed tears because of mental pain for love and parting, but I want to be a bird which doesn't know tears.

I'd like to be a bird which always flutters its wings in the distant empty air and does not dream.

# 계(戒)

남산에서
바라 본 서울 야경
얼마나 많은 눈물 꿰어 만든 구슬일까
네온사인의 붉은 십자가가
사방으로 빛을 발한다
생명이 없는 자들이 검은 두건 쓰고
액세서리 십자가를 들고 지나간다
어둠을 가르며 분주하게 지나가는 발자국 소리들
멍에를 짊어진 세상사람
마음을 열지 못하고 통곡한다

# A word of caution

The night view of Seoul on the Mt.Namsam

How many tears the jewels are bound by!
The red cross of neon signs lights everywhere.

Lifeless fellows wearing black hoods
pass with accessory crosses.

Though there was the sound of foot-steps
passing busily out of darkness,
the people coming under a yoke
lamented without open minds.

# 초혼(招魂)의 뜨락

잠든 잎새 한 잎을 가만히 흔들어 깨운다
첫날 그대가 나의 마음의 뿌리를
송두리째 흔들어 놓았던 때의 그 설렘으로,

깊은 잠에 취한 그대의 상처를 보듬어 주고 싶었지만
속눈썹이 긴 그대의 커다란 눈을 보면
그대가 나의 마음을 흔들었던 첫날처럼
소년 같은 내 마음이 자꾸만 떨려온다

# Invocation in a garden

I softly shake and awake a sleeping leaf blade with the excitement of the time
when you waved the root of my miand on the first day.

Though I wanted to embrace the sore point in your deep sleep on the first day,
when I saw your big eyes with long eyelashes,
my boyish mind often trembled as you shook my mind.

## 낙엽 지는 것을 보지 않았다면

낙엽이 떨어진다고
슬퍼하지 마라
슬퍼하니까 사람이다
슬픔은
사람만이 가질 수 있는
하나님의 선물이다

이별을 하지 않으면
느낄 수 없는 것이다
아직도
아프지 않은 사람을 본 적이 없다

이 세상에 올 때도 그랬고
이 세상을 갈 때도 그랬듯
언제나 혼자 걸어가야 할 외로운 길
그게 사람의 삶이란다

낙엽이 지는 것을 보지 못하면
사람은 그대로가 아닌 것을
알지 못한다

아! 낙엽이 떨어지는 것을 보지 않았다면
나는 사람이기 조차 어려웠을 것이다

# Had I not seen leaves fall

Do not feel sad as leaves fall.
You are a man because you feel sad. Sorrow is God's present only people can hold.

If you do not part with somebody, you can't feel sadness.
I have never seen anyone who has not been ill yet.

Like one cimes to this world and leaves it, the road where he walks alone is always lonely; that is life. If one doesn't see leaves fall, he does not know himself as he is.

Oh, had I not seen leaves fall, it was difficult for me even to be man.

# 하안거(夏安居)

산하(山河)에
편 색색의 꽃들이
다시 오마 하고 떠나간
시월(時月)의 슬픈 그림자

떠나가는 것이 어디 너뿐인가
나뭇가지를 흔들어 놓는 바람도
비를 내리는 구름도
그리고 세월까지도 멈출 수 없는데

보이지도, 잡을 수도 없는
참 선(善)을 찾아 나선 구도(求道)의 길
잠을 잊은 산사(山寺)의 독경(讀經)소리
깊이 잠든 중생(衆生)의 어둠자락을 깨뜨린다

이보시게나
영원히 함께 할 수 없음을 슬퍼 말고
함께 있을 때 사랑을 하라고

# Comefortable living in summer

The sad shadow of the time
when flowers of various colors on mountains and rivers
left saying they would return.

What will leave are not only you but the wind that shakes branches, the cloud that bring rain, and time.

The road for true good is not to be seen or caught. The sound of sutra chanting in the mountain temple awakes the darkness of the world fast asleep.

Look here!
Do not be sad that you are unable to exist together eternally, but love when you are together.

# 첫 딸이 태어나던 날

1

하나님이 아빠에게
엄마를 통해 주신 귀한 선물
1980년 12월 4일
어둠을 깨며 이 세상을 찾아온 너
이제 네가 걸음마를 할 때면
가벼운 나일론 옷을 입혀야겠구나
하이안 무명 양말도 신겨야지
창가에 채송화, 해바라기, 장미도 심어
거짓이 의젓해 보이는 세상을 가릴 거야
항상 슈베르트나 바하의 선율이 흐르게 하고,
너의 눈이 맑게 고이면 세잔느의 그림을 걸어도 좋겠지
그리고 고향 과수원의 배가 익을 무렵엔
릴케의 가을을 읽혀야겠다
이담에 어른이 되어서는
봄의 종달새도, 여름의 과즙빛깔도, 가을의 향기로움도
겨울속의 고독까지도 구분할 수 있어
네 손으로 꽃씨를 뿌렸으면 싶다

2

밤하늘에 빛나는 샛별같이
잔잔한 호수 아래 조약돌같이
단순하고 영롱한 너의 눈방울
보채는 너의 모습
살포시 깨물어 주고 싶도록 아빠는
마냥 즐겁기만 하구나
보아도, 보아도, 눈 싫지 않고
불러도, 불러도, 다함이 없는 그것이
바로 너의 사랑인가.
아빠는 천진한 네 동공 속에
조그만 보드를 띄우고
비듬 많은 내 머리카락이라도
휘날리고 싶구나
아! 귀여운 나의 딸아
한 송이 백합처럼, 담장의 붉은 장미처럼,
그런 향기와 아름다움으로 밝게만 자라다오

*이 시(詩)는 제 첫째 딸이 태어났을 당시 지은 즉흥시(詩)인데, 큰딸의 결혼식장에서 낭송한 축시(祝詩)이기도 하다.

# 가로등

바다로 나간
지아비를 기다리는
언덕 위 아낙네처럼
골목길 어귀에 홀로 서서
어둠을 밝히는 가로등 하나
밤은 깊어만 가는데
오랫동안 기다림에 지친 가로등
언제까지나 잠들지 못하고
골목길을 비추고 있다

# 겨울비

겨울비가 내리는
산사의 처마 끝 목어가 운다
목어가 울어 피는 눈물 꽃
푸른 하늘 빛 맑은 눈 속사랑을 깨운다

한 울음이 세상에 등불을 밝히고
골 깊은 지붕을 밟고 가까이 오는
저 막막한 어둠까지도
그리움으로 빛나게 하는데…

아,
번뇌를 온전히 씻어 낸다 해도
슬픔은 여전히 지워지지 않는 것일까

젊은 여승의 목탁소리 어둠을 깨며
이승의 북녘 하늘을 붉게 태우는데

겨울비 내리는 산사에
가슴이 빈 목어가 덩달아 운다

# 자유로 가는 새

육신은 남아있는데
영혼을 떠나보내고 있다
잃어가는 세월
시간을 태우는 우리의 태양은

마침내 목선을 삼키고
살아남고픈 마음으로
유년의 꿈 덮으려 하지만
맨 나중 남는 건
언제나 숨져가는 작은 새 한 마리

무(無)의 의미(意味)는
참으로 없다는 거, 비운다는 것
모르겠다, 모르겠어
억울한 가슴 반쪽을 스쳐가는
바람의 정체를

마침내 어디로 가는 것일까?
날고 싶다
이름 없이 죽어질 작은 새 되어
훨 훠~얼 어디에든
그렇게, 그렇게…

# 기도

하나님
저 혼자는 기도도 잘 안 되네요
여하튼
저의 작은 둥우리 마지막 남은 불꽃을
비바람에서 지켜주세요

꽃에는 넘치는 이슬을
새들에겐 아름다운 노래를
그리고 내겐 충만한 사랑을 주세요

파랗게 개인 드높은 하늘 아래
휘청휘청 뻗어간 가지 위에서
해 질 녘까지 하늘에 감도는
보드라운 햇살 받으며
마음에서 흘러넘치는 사랑을
노래하고, 노래하고
또 노래하는 그런 날들을

만일 당신의 뜻이라면
제게 허락해주세요
사랑만으로 살 수 있는 가슴을

# 샘이 되고 싶어

날마다 퍼내고 퍼주어도
언제나 마르지 않는
작은 샘 하나

내 생(生)이 다하는 날까지
나누고 베풀어도 마르지 않는
샘(川)

메마른 길손의 마음 촉촉이
적셔주는 샘이
내 마음 깊은 곳에 있다

당신이 내게 준 샘
사막 같은 땅을 적시며
흐르는 시냇물이 되고 싶다

# 월식(月食)

탓 하지 말자
어둠이 널 품었다고,

아쉬워 말자
가슴 깊이 삼킨 눈물
지워져가는 삶의 흔적을,

시퍼런 하늘
어둡다 원망 말자
천년의 맺힌 한(恨)
구름으로 가릴 수 있을까
숨겨도 삐죽 튀어나오는 어둠의 조각들,

아, 폭우처럼 그렇게
소리 내여 울고 싶다

## 설화(雪花, 눈꽃)

사람 뒤를 따르는 무거운 걸음으로
다가온 검은 운명이
아침이면 흔적 없이 사라진다

그런 아침
나뭇가지의 겨드랑에
하얀 꽃이 핀다

채 아물지 않은 상처 속에
뜨거운 눈물 괴어 하나 둘 떨어지고
아직 남은 삶의 부스러기들,
설음과 아픔을 덮어버리듯
온 천지(天地)를 하얗게 칠한다

저리도 밝은 것인가
저리도 환한 것일까
하얀 꽃 수 놓는 밤하늘이기에

# 거짓 없는 산(山)

산이 좋아라
거짓 없는 산이 좋아라

한 줄기 빗물에도 지는 목련화
가시를 숨긴 채 붉은 장미가 핀
회색 빛 도시보다
잃어버린 꿈을 잉태하는 기다림으로
머언 하늘 새벽별들을 잠재우며
자신을 자랑하지도, 뽐내지도 않고
새벽이슬 마시며

봄이면 꽃 피우고
가을이면 열매를 맺는
거짓 없는 산이 좋아라

거짓 없는 산이 좋아라
산이 좋아라

## 계(戒)

남산에서 바라본 서울 야경
얼마나 많은 눈물 꿰어 만든 구슬일까
네온사인의 붉은 십자가가
사방으로 빛을 발한다

생명이 없는 자들이 검은 두건 쓰고
액세서리 십자가를 들고 지나간다
어둠을 가르며 분주하게 지나가는
발자국 소리들

멍에를 짊어진 세상 사람들,
마음을 열지 못하고 통곡한다

# 귀향

내 생이 다하는 날까지
얼마나 더
내 마음을 비워야 하나
낯선 고향에
별마저 뜨지 않은 밤
골목길 가로등이 날 반기면서
그림자까지 셋이 되었다
가로등도, 그림자도
말을 할 순 없어도
그들 더불어
이 밤을 즐기리라
내가 노래를 부르면 가로등 불빛도
골목길을 서성거리고
내가 춤을 추면 그림자도 덩달아 춘다
이렇게 어우러져 놀다가
문이 사람을 열어주는 빌딩을 기웃거리며
가로등과 작별을 하지만
언제나 나와 동행하는 그리운 그림자여
세상은 강물같이 흘러만 가고
살아온 길 잠시 벗어보지만
낯선 고향에서 쉬이 잠 오지 않네

## 그리움이란

소리도 없이
가슴 깊이 가득히 스며드는
이 그리움은 어디서 오는 걸까

사랑하는 이와 산소보다 더 밀착돼 있는데도
가슴을 설레게 하는 그리움은 어디서 오는 것일까

목말라 잠재우는 이 그리움
무엇을 그리워하는지 이렇게 애태움은,
이 절실함은 어디서 오는 것일까

계곡을 타고 흘러내리는 옹달샘
옹달샘 물이 넘쳐 흘러내린다

당신의 사랑, 옹달샘처럼
마르지 않고 철철 넘쳐 흘러내리는 물 같다

물끄러미
옹달샘 물을 바라보며
그런 옹달샘이 되고 싶다
나의 사랑까지

# 기원

이젠
가랑비라도
더는 내리지 않았으면
좋겠다

젖은 몸
더는 젖지 않게

# 날이 밝아 오네요

날이 밝아 오나봅니다. 창 틈새로 찾아든 고운 새벽 빛 눈부심으로 눈을 뜨게 하네요. 거울에 비친 그대의 얼굴에는 어제의 우수(憂愁)가 깊게 배어있습니다. 검붉은 두 눈가 언저리에는 여전히 눈물이 고였지요. 진정 나의 사랑하는 벗이여, 아침 햇빛처럼 그렇게 날 찾아주지 않을래요? 아름다운 사랑의 향기가 가득한 이 방으로, 상처로 얼룩진 어제였지만, 오늘은 기쁨의 새 날로 아침을 열렵니다. 이제 눈물을 닦고 우리 함께 길을 떠나요. 벗이여, 님이시여, 날이 밝아옵니다. 새 날의 아침이 동해의 꿈이 묻어난 바람처럼 밝은 빛으로.

## 영종도의 밤

아주 오래된 추억의 찻집에서
따뜻한 커피 잔을 꼭 싸안고
선녀바위에 부딪치는 물소리를 듣는다

바닷가를 거니는 사람들
따뜻한 입김으로 서로의 상처를 보듬으며
모락모락 장미꽃 향기를 피운다

파도처럼 밀려왔다 삶의 흔적 남기며
다시 돌아오지 않을 허세(虛世)라도
우린 그렇게 살아야 하겠지

짙은 어둠 속에서
혹독한 겨울바람을 밀어내며
산 넘어 남쪽 봄 햇살을 키운다

# 제2부

# 내 혼이
# 가슴으로 우는
# 까닭은

# 내 혼(魂)이 가슴으로 우는 까닭은

집회를 하는 종교인들이
집회의 자유가 없다는
시국 선언을 해서가 아니다
끝없는 영욕으로 국민들을 이간질하는
전직 대통령이 불쌍해서만은 아니다
세비는 꼬박꼬박 삼키면서
백만 대란 제쳐두고 국민이름 팔아먹는
무노동, 무임금의 국회의원들 때문만도 아니다
참교육 외치면서
청소년 망치는 교사들 때문만도 아니다
유배 중에도 글을 쓰던 다산을 흠모해서 만은 아니다
망해가는 세상에서 글이나 남기고 싶었지만
컴퓨터 없다는 서러움 때문도 아니다
그런 피아의 산장을 쉬 떠나지 못해
머뭇거려서만은 아니다
내가 준 용돈을 아빠도 힘드신데 하며
내 주머니에 도로 넣어 주는 작은 딸 마음 때문이 아니다
돈도 되지 않는 글 그만 쓰라며 구박하다가도
잣, 호두, 건포도와 콘프레이크를 넣은 우유 한 잔을
살그머니 갖다놓는 아내의 마음을 몰라서가 아니다
혼자가 아니라는 것을 느껴서도 아니다
하늘이 내 마음을 아는가보다

이 세상에 비를 내리고 땅을 적시며
저렇게 바람이 몰아치는 것을 보면
천둥번개 속 비가 내려
경상도 어느 바위, 피자국도 지워지고
늙은 망령된 자도 씻어버렸으면 해서도 아니다
이제 노을을 보며 내 나이를 세어 무엇 하리
저 함께 할 따스한 마음 하나만 있으면 되는데

# 노점상과 성경책

한산한
남대문 시장 지하도 입구

느른한 정적이 감도는 오후
붉은 가죽 표지
큰 성경책 바로 옆에 펼쳐 놓고

돋보기안경 코에 걸친 채
파뿌리처럼 하얀 머리의 할아버지가
꾸벅꾸벅 졸고 있다

앙상한 팔다리 웅크리고 앉은 할아버지
좌판을 벌려 놓은 크고 작은 지갑들이
어버이 품에 안겨, 잠든 자식처럼
포근하기만 하다

# 님

닿을 듯 잡힐 듯
바라볼 수밖에 없는데

잡으면 달아나 버릴 것 같은
두려움의 연속

그러나
어느 순간
한 송이 꽃잎
입에 물고
당신의 가슴을 두드렸을 때

아, 당신은 벌써
내 안에 있었구나

죽어도 떼어낼 수 없는
그 깊은 곳에

# 마지막 밤을 떠나보내며

70 평생
살아오면서 난
너무 많은 것을 얻었나보다

사랑하는 아내와
두 딸과 그리고 외손녀들
그리고 추운 겨울밤 늦도록 불이 켜져있는
따뜻한 가정

하지만 왠지 모르게 가슴이 답답해 온다
몸에 걸친 화려한 옷과 장신구들이
무거워진다

인생은 헛된 것
겨울 강물처럼 되돌아오지 못할 물결 따라
흘러가는 것

한 해의 마지막 밤을 떠나보내며
들려오는 보신각 종소리가
어둠을 깨며 새 아침을 부르는데

생각해보니 살아오면서 난 너무 많은 것을
버린 것 같다

이제
내 절망보다 더 깊은,
너의 열반을 위하여
두 손을 가지런히 모은다

# 마지막 겨울밤

마지막 남은
일력(日曆) 찢기는 소리
내 영혼이 찢기듯
아프다

떨어질 것 다 떨어진
골목길
가엾은 나뭇가지
누가 흔드는가

그립고 가난한 마음까지도
툭툭 털어버린 외로운 시간
얼마나 더 많은 것을 버려야
그리운 고향 땅 흙으로 돌아갈까

# 여정(旅程)

영원히 돌아오지 않을
시월의 마지막 밤
집착과 오만함을 버리고
머물 수 없는 바람 따라
떠나가는 길목에

어느덧
창틈에 걸터앉은 초가을
늦은 햇살

고단한 삶에 찌든 긴 그림자
하나
앞가슴 풀어 헤치며
멍든 하늘 하얀 불꽃으로
아픔을 태우며
온 세상에 어둠을 토해낸다

# 선술집에서

한 사내가
막걸리 사발에 술이 넘치도록 따라 놓고
노가리를 힘껏 물어뜯는다
그리고 한(恨)풀이 하듯 잘근잘근 씹는다

막걸리 사발을 앞에 놓고
한 사내는 지금
무슨 생각을 하고 있는 것일까
텅 빈 가슴에 외로움을 들어 마신다

또 한 사내는 국밥을 먹으면서 사랑을
생각한다. 서늘함에서
더없는 비곗살의 매끄러움에서
생마늘을 씹는다
새콤하면서도 향긋한 뒷맛으로

사랑은 늘 이보다 더 맵고
사랑은 늘 이보다 더 향긋하고
사랑은 늘 이보다 눈물이 나겠지만
사랑이 달콤하지만은 아닌 거 다 안다

목로 위에 찢긴 조각의 노가리도
지난 어느 사랑의 눈빛을 보았다
선술집의 표정은 여전히 푸근하기만
하다

# 한 잎의 가을이 지는데

잠시 속세를 떠나
구불구불 끊어질 듯 이어진 황토길 따라
돌 하나하나 6백년의 역사가 공정하는 성곽을 오른다

뿌리는 땅에 두고 머리는 하늘 바라보고 살면서
비바람 수모를 견디며 황홀한 빛깔로 물드는 나뭇잎
질 때를 알아 제 몸의 전부를 아낌없이 버리는데
아직도 푸른빛을 떨치지 못하고 있는 나뭇잎들은
무슨 미련이 그리 남아있는 걸까

세상 풍조(風潮)에 휘둘리다가
두 손 펴고 돌아가는 사람의 마지막
가는 길과 똑같구나

땅속에 몸을 눕혀 세상에 왔던 흔적 지우고
한 줌의 흙으로 돌아가는 것까지도
때가 되면 낯익은 이들과 헤어지는 아픔마저도
어찌 그리 사람이 가는 길과 닮았을까

아! 가을이 떠나고 겨울은 오려 나
첫 눈 내리는 산길에 수북이 쌓인 낙엽 사이로
옛 이야기가 소록소록 피어나는데

나는
한 잎의 가을을 떠나보내며
어느덧 자동차 소리가 들리는 아스팔트길을
걷고 있었구나

## 내 아버지

이승이 싫다며
삼베옷 한 벌 걸친 채
두 손 펴고
이른 새벽 홀로 떠나신 내 아버지
아버지가 떠난 빈자리엔
여전히
따스한 흔적 남아있는데

홀로 된
노모 걱정으로
아직도 이 땅을 적시며
새벽을 서성이는가

붉은 글씨의
체납독촉장이 꽂혀 있던
고향집마저 사라지고
폐허의 땅만
덩그러니 남아 있구나

## 에덴의 동쪽

내 할아버지가 걸어간 길
내 아버지가 걸어간 그 길
하얀 눈이 쌓인 그 길을
쿵쿵쿵 뛰는 가슴으로
나도 덩달아 따라 간다

햇살이 비치면
파란 눈물 되어 들녘을 적실
그 눈길을
숨 쉬기 조차 힘든 바람 맞으며
피붙이가 쫓아온다

내 할아버지가
내 아버지가
그리고 내가
빈 마음으로 걸어 갈 가나안 땅을

# 미안한 아내

서툰 손놀림으로
발 마사지를 해주면
행복한 미소를 띠며
새 록, 새 록 잠이 드는 아내

온몸 구석구석
파스를 부치고도
내색하지 않는 아내
꿈속에서 찌든 삶에 시달리나보다

무엇인가 잡을 듯
두 손을
허우적거리지만
그런 아내를 깨우지 않는다

차라리 악몽(惡夢)에 실컷 시달리고 나면
생시(生時)에는
더 좋은 일 많을 것 같은
작은 소망에 잠을 깨우지 않는다.

가을 달빛에 비친 아내의 둥근 얼굴
어느덧 얼굴 언저리엔
아내의 한(恨) 같은 땀방울이
송 글, 송 글 맺힌다

## 백송(柏松)

봄이 찾아오기엔 아직 이른가 보다
차갑게 부는 바람이 폐부에 박힌다
봄의 전령이 지나갔는데,

하이얀 달을 바라보는
소복의 여인으로 홀로 서 있다

같은 땅에 내린 뿌리지만
때를 만난 한쪽 가지는 꽃망울을 피우며
푸른 천의 옷을 껴입는다

별이 뜨는 밤
오늘도 누군가를 기다리며 침묵하는
당신이여

어둠은 어둠대로, 밝음은 밝음대로
늘 외로움으로 뒤척이는
푸른 소나무

별들이 찾아와 은구슬을 뿌리며
새 날을 약속하는
사랑의 노래를 부른다

# 백수의 변

새벽에 잠을 자다 깼다
문득 내가 혼자인 것처럼
쓸쓸해지고 춥다
불면증이라며 한탄 하던 아내가
안경을 낀 채 새우처럼 구부러져
잠이 들어있다
작은 딸도 자기 방에서 공주처럼
꿈을 꾸며 자고 있다
잠든 가족들에게 미안하기도 하고
분노도 치솟는다
날이 밝으려면 아직은 이른 시각
오늘도 백수인 나를 위로하기 위해
무슨 변명을 하며 하루를 보내야 할까?
이 생각 저 생각하다보니
창문 틈으로 새벽빛이 춥기만 한
내 마음에 살며시 찾아든다

## 백수의 하루

진종일
장맛비는 내려
사무치는 주일 날 오후
2평짜리 골방에 누워도 가슴은 젖고
창문을 닫아도 스며드는 빗물 소리

나에겐
휴일도 없이 허구한 날을
괜스레 울적여 지는 못된 심사에
내 생존의
마지막 절망과 좌절을 무너뜨리기 위해
오늘도 피로써 시(詩)를 쓴다

비의 하얀 숨결을 소주잔에 따르면서
여름비처럼 목 놓아 울고라도픈

절실할수록 괴로운 삶을
진실할수록 공허한 사랑을

어지러운 어둠 속에서
깊숙이
울부짖으며 일어서는

의지의 바람 위에
꿇어 엎드려 우는 비야

차디찬 정신
등줄기 속으로만
허물어져 흘러내리다
흩어지면서 존재하는 비

쇠창살에 갇힌 창 밖
하늘을 바라본다

# 비운의 단종 능을 보면서

왕릉 입구 좁은 문을 지나
가파른 언덕길

을씨년스런 바람에
흔들리는 앙상한 가지 사이로
구불구불 삶 같은 돌계단을 오른다
석상(石像)만이 외롭게 지키고 있는
단종왕릉

어린 나이에 폐위(廢位)되어
살아서도 얽매였던 몸
무슨 죄 많아 백골 되어도 밧줄로
얽어매어 놓았는가

생(生)과 죽음(死)이 시끄럽게
교차하는 시간
비애(悲哀)의 어린 단종
지그시 눈을 감은 채
설음을 되새김질 하는데

왕비의 혼령이 찾아 든 것일까
어둠이 드리우는 산등성이
어디선가
흐느끼는 소리가 들리는 듯
비가 내려 옷을 적신다

## 새벽 비

하늘도 제 몸을 비우고 싶은가
너무 오래 전 잊혀진 그리움 따위는
지우고 싶었나 보다
새벽 시간에
소리 없이 비를 뿌리고 있다
우리가 어느 생(生)에서
만나고 헤어졌는지 몰라도
울지 마라, 울지는 마라
내일의 물결이 더 거셀지도 모르는데
하늘은 내 고단한 삶에
참았던 눈물 한 방울 건네주고 싶었나
소리 없이 하얀 비가 내리며 땅을 적시고
내 마음을 적신다

# 생명

아궁이속 검붉은 불씨처럼
활활 타오르는 감정
살아남기 위해
바보가 되어
한 없이 울어버리고 싶은 오후

내 대신 눈물을 흘리는 여름 비
젖은 얼굴을
애처롭게 때린다

긴 가뭄
살아남기 위해
강해지라고 한다
들꽃처럼

# 섣달그믐 날

선달그믐 저무는 날
신륵사 뜰 녘에
설화(雪花)가 가득 피었구나
속세의 더러움을 감추듯
온 세상을 하얗게,
머지않아, 기축년 하늘 여는
따가운 아침 햇살에
더러운 물이 되어 흘러내릴
눈꽃이여
노(老)스님의 잔잔한 독경 소리에
내 탐욕의 삶 조각이
나뭇잎, 차가운 바람에 떨어지듯
한 점, 한 점, 떨어져 나간다
잠시 마음 비운 가벼움으로
어둠이 깔린 남한강 하늘을 바라본다
캄캄한 이 세상이지만,
그래도, 살고 싶기도 하다
발끝에 물 한 방울 묻히지 않고
홍해 바다를 건너 간
당신이 있었기에

# 자존심

생애를 다시는 팔지 않겠다
가족의 이름은 절대 팔지 않겠다
생계를 위해 시를 쓰지도 않겠다고
그믐 달 뜨는 남산에 올라가서
적막한 어둠을 마시며
마음에 빗장을 걸었네

그믐 달 어둠의 빛 쏟아지는 남산
앙상한 가지 사이로
서러운 바람의 흐느낌 소리는,

새벽녘 떠오르는 붉은 해에
밀려가는 어둠 속의 달빛
그리움으로 뒤척인다

아! 흘러가는 내 마음의 빗장은
어느 멍든 가슴을 아프게 했는지

남산의 그믐 달
무거운 빗장 되어
나를, 나를 가두려 하네

# 성경을 읽는 밤

가난한 자가 물을 구하듯
갈급함으로 시를 쓰는 밤
옆에서 돋보기를 쓴 아내가
성경책을 본다
잠을 잊은 채
말 안 하고, 생각도 안 하고
묵묵히 성경을 읽는다
시집이라도 잘 팔리라고
딸아이 건강 지켜달라고
섬기는 목사님 축복의 은사 있으라고
가족이 하는 일, 모두 잘 되게 해달라는
마음으로
언제나 소망의 꿈을 꾸다가
놀라 깨면 머리 끝 한쪽이 희여 있다
컴퓨터 앞에서 시름하는 시인과
창문을 두드리는 바람 속에서
성경을 읽는 눈(眼)길에 열기가 번득인다
창밖으로 들려오는 매미 소리
책장을 넘길 때마다 펄럭이는 바람
그 새벽바람이 나는 두렵다
아내는 나를 두고 해탈을 하려는 가
예수를 위해 옥합을 깬 여인처럼

묵언의 기도를 한다
나는 그런 아내의 모습을 보며
시름마저 잊은 채 슬며시 잠이 든다

# 세치 혀

세치 혀의 날름거림이
그리도 클 줄 몰랐다
산 사람도 죽인다
아, 귀를 막아야 하나?
무서운 흉기를 갖고 있었구나

# 시력감퇴

내 눈이 이렇게 슬퍼지는 건
된장 덩어리를
돼지고기로 알고 씹어서만은 아니다

내 눈에 눈물이 고여지는 건
성경에 활자가
보이지 않아서 만은 아니다

내 눈을 피곤하고 슬프게 만드는 건
한치 앞이 안 보이는
이 나라의 앞날 때문이다

# 제3부

# 십자가의 사랑

## 십자가의 사랑

맑은 마음을 주소서
웃고 싶을 때 웃고
울고 싶을 때 우는
모든 마음을 거짓 없이 표현하는
순수한 어린아이 같은 마음을

그리고
아침에 일어나면
첫 입술로 주님을 찾는
우리 되게 하소서

우리가 십자가의 사랑을 갈망하듯
우리의 삶에 분별하는 마음
깨끗한 양심을 허락하소서

우리가 주님의 고난을 생각할 때마다
진정한 참회의 눈물 흘리게 하시고
우리 모두가 한 마음, 한 뜻, 한 영혼, 한 목적으로
오직 주님만을 섬기며 부끄럽지 않게 하소서

주님의 십자가는 우리의 고백이며,
간증이며, 자랑임을 깨닫게 하시고
어린아이 같은 거짓 없는 믿음으로
겸손하고 온유하게
이웃을 사랑하게 하시고
주 안에서 구원을 이루게 하소서

주님의 거룩한 성소의 문을 열어주소서!

# 실미도에서

쾌속선이 하얀 눈물 뿌리며 달려가는
천리만큼 머언 바닷길
붉게 물든 북녘 하늘을 바라보면
내 가슴이 젖는다
내 어릴 적에도
그러했고
피(血)와 살(肉)이 다 말라
외마디 비명조차 지를 수 없는
늙은 지금도 그러하듯
밀려오는 거친 파도 속에
깨어지는 그리움의 파편들
다시 돌아올 수 없는
모두에게서 지워지는
바람처럼, 구름처럼
그리고 가을 들꽃처럼
그렇게 흘러만 가는 아픔이라

# 아내의 마음

새벽녘 문득 잠깨어
옆에 누운 사십 일 년 동안의 아내,
뒤척이며 가늘게 흐느끼는 잠꼬대를 듣는다
때론 신음소리도 들린다
어둠 속에서도 천사의 모습으로 더 잘 보인다
그런 아내의 콧노래 소리가 슬프고
슬픈 노래를 듣고 있는 내가 슬프고
그러면서도 친구로부터 걸려온 전화 받으며,
"그러엄, 우린 잘 지내지. 언제 한번 만나자." 하며 웃는
아내 속의 아내는 더 슬프겠지
온 세상 슬픔을 혼자 마신 것처럼
분수이듯 품어내는 아내가 식탁에 반찬을
자수에 수를 놓듯 조물조물 놓는다
인생의 깊은 속을 삭일 줄 안다면
누구인들 허무를 노래하지 못하랴마는
한 사내는 채워지지 않는 노래를 부른다
아무것도 준 것이나, 갖고 갈 것 없는 인생
어차피 혼자일 수밖에 없는데
그것 알게 된 것이 무슨 대수랴마는
잠속에서 평온을 찾는 법을 배우는
나의 하와여,
사슴 눈빛처럼 깊어지는 아내의 슬픔이여

# 압구정에서

심볼 같은 남산 껴안고
천년의 역사, 가슴에 묻어 둔 채
한강은 긴 여운으로 흘러간다

구멍 난 하늘 아래 빠져나온
시린 달 하나
차가운 가로등이 하나 둘 눈을 뜬다

남산이 무겁게 주저앉는다
한강이 애처롭게 흐느낀다
미친 바람만이 춤을 추며 스쳐간다

물새마저 날지 않는 강변
강풍에도 꺾기지 않는 유연함으로
꿋꿋하게 일어나는 갈대가 미소 짓는다

회색 어둠을 마셔버린 압구정 들녘에서
지우(知友)와 어둔 세상 깨부수며
오늘도 찢어진 꿈의 조각 꿰맨다

## 억새풀

거대한 촛대 바위 아래 핀
억새풀이 들릴까 말까 조용히 울고 있다
하늘로 거침없이 뻗어 오른 억새풀의 가냘픈 온몸이
희롱하는 산들바람에 흔들리고 있다
손에 닿을 듯한 달빛을 품어 안은 억새풀이
천년의 그리움에 하늘거린다
입술을 지그시 깨물며 다가오는 별빛
녹아 마음에 스미다가
새벽녘이 되면 떠나보내야 하는 저 별
억새풀은 저를 슬픔의 힘으로 흔드는 바람이
자기의 울음인 것을
까맣게 모르고 있다
꺼억, 꺼억 소리 내어 울어보지 못하는
가슴 속 갈피에서 꺼낸 서러움이
갈바람 마주하고 조용히 울고 있다
산다는 것이 속으로 이렇게
바람 찬 가을에 조용히 울고 있는 것이란 것을
억새풀은 모르고 있다

# 언약의 땅
## -그리움이라

저만큼에 있는 줄 알았습니다
내게는 없는 줄 알았습니다
언제나 머언 하늘만 바라보았습니다
그래서 밤하늘의 슬픈 별만 헤아리면서
바보처럼,
바보처럼, 떠나간 겨울 철새만 기다리고
있었나 봅니다
그런데,
어느 날, 우연히
커피 잔 속에 있는 당신을 보았습니다
가까이, 그것도 아주 가까이 내 곁에
와있다는 것을
이제야 알았습니다
내게도 그리움이 있었다는 것을요
벌써 알았더라면,
더욱 더 아름다움으로 품을 수 있었을 텐데
이제는 놓치고 싶지 않습니다
어떻게 만난 우리인데요
그러나 멈추지 않는 그리움은
깊고도 슬픈 추억만을 남겨놓고
갈바람처럼 스쳐가네요

# 에덴의 동산에서

무화과 나뭇잎조차 걸치지 않은
벌거벗은 이브의 후예들이 배꼽 춤을 추는,
신(神)마저 부끄러워 숨어버린 지 오랜 이 땅

백팔 번뇌 연못 속에
오늘도 무거운 돌 던지며
숨 막히는 절망들을 깨트리고
부서트려보지만
밤은 울고, 나의 목은 메인다

천둥번개라도 치면
소리 내어 울며, 울며,
작은 자존심은 살릴 수 있었을 텐데

만추(晩秋)로 가는 이별의 시간
빛바랜 오선지를 꺼내
지금은 주소도 이름도 모르는 당신에게
더 참을 수 없는 자유함을 소리 내어
외쳐본다

# 여의도에서 본 노을

돌아가리라 다짐하면서도
돌아가지 못함은 교통카드가
없어서도 아니고, 걸어서 여의대교를 넘을
용기가 없어서도 아니지만,
북녘 하늘이 활활 타오르는 불꽃 탓이다
유유히 흐르는 강물 속
모래알 같은 슬픈 사랑의 비밀을 보았던 탓이다
또다시 멍울진 가슴에
저녁놀이 투신하던 탓이다
이제 흩어져 남은 그림자
향을 사루며 두 손을 모은다

## 오! 자유함이여

4월의 꽃잎처럼 붉은 영혼
애태워 그리다
눈물마저 말랐는가?

봄바람
하늘 속으로 날아 간
하얀 나비

하늘하늘 날더니만
기다림에 지친 숱한 나날들
4월의 붉은 향기
꽃잎 지듯 잊혀져간다

새 날, 새 아침 밝아 오는데
가슴 저리는 아픔의
그리움인들 어이 하리

# 은자의 궁(隱慈의 宮)

슬픈 사슴 같이 목이 긴 아내가
더 이상 못살겠다며
밤새도록 독설을 퍼붓는다

그런 아내가 아침 밥상에서
'돔'의 하얀 속살을 뜯어
내 수저에 소복이 얹어 놓는다

잘못된 인연으로 만나
굵은 마디에 주름진 손
반백년 삶의 내력이 가엾다

가을 하늘 같이 맑고
사슴 눈처럼 포근한 마음으로
40년을 살아온 두 딸의 엄마

나만큼 밤새 맘이 아팠나보다
맨 밥이지만
국이 필요 없다

# 일상(日常)

어떤 하루는 밝은데 어떤 하루는 흐리다
어떤 하루는 작업복을 입은 노동자가 되고
어떤 하루는 신사복을 입은 교수가 된다
하루는 책상에 앉아있고 하루는 뼈 빠지게 일하기도 한다
또 하루는 붉은 태양 빛 아래서 혼자 산다
하루는 과거, 하루는 현재, 그리고 또 하루는 미래
하루는 거리의 소음 속에서, 하루는 지는 잎 사이로
긴 한숨이 새어나온다
황사바람이 불고, 날벌레들이 날아다니며 생을 재촉한다
하루 반나절은 아쉬운 죽음을 노래하는 어두운 밤
하루는 회색 빛 구름이 해를 가리고 희죽 웃는다
하루는 꽃이 더디 피고, 하루는 꽃잎이 쉽게 진다
잊고 싶은 것도 그리 쉽게 잊혀졌으면 좋으련만
잊고 싶은 하루는 길기만 하다

## 잃어버린 고향

사람들이 떠나간 폐허 같은 고향 길

고향을 찾는 사람들을 반갑게 맞이하며
철길 건널목을 지키던 절름발이 간수 아저씨도 떠났다

미루나무 있는 신작로에서
북에 두고 온 처 자식을 기다리던
상이용사 철이 삼촌은 또 어디로 갔을까

새로운 문명이 앗아간
마을 어귀의 소나무 한 그루
싸락눈이 내린 아침 녘 듣던 까치 소리

어디로 갔을까
어디로 갔을까
어머니 같이 그리운
내 고향은

## 임진강가에서

독주를 마신들
그날의 아린 가슴
잊을 수 있을까

뼈마디 나른하게
통곡도 하지 못한 채
상처만 깊어가는 유월의 밤

죽은 자(死者)와 산 자(生者)의
사무친 흐느낌이
야생화로 피어나 바람에 나부낀다

한(恨)의 숨결이 깃든 임진강가에
그리움 담은 하얀
종이배를 띄워본다

# 작은 소망

고요한 밤이다
깊은 밤이다
추함과 고통이 지워진 깜깜한 밤이다

맑은 이슬에 젖어 사는 아내가
엷은 이불을 가슴까지 덮고 곤히 잠들어 있다
스물네 살 막내딸이 엄마 옆에서 잠들었다

되돌아 갈 수 없는 시간에
아내와 딸의 잠든 모습을 바라본다

어둠속에서 주의 음성이 들려온다

너에게 다음 세상에서 갖고 싶은 것을 준다면
넌, 무엇을 구하겠는가?

나는 망설임 없이 대답하리라

주여!
나는 무엇을 얻든 상관없습니다
나는 다만 자연을 사랑하며
타고난 슬픔을 노래하던 시인을

한평생 내조하며 내 곁을 떠날 줄 모르던
아내를 다시 만났으면 하고
바랄뿐입니다

오직 그 마음뿐입니다

## 장맛비에 근성

세상에 뿌리는 분노처럼
한밤중 울부짖으며
창가를 뚜드리던 밤비
어린 아이처럼 잠들었나
소리도 없다
속삭이는 바람 따라
몸을 잔뜩 낮추고
아래로만 흐른다
언제나 일어서지도 않고
위로 솟구치지 않는다
가볍게 몸을 내리고
낮은 곳으로 흐르다
언제나 여유롭게 흐르지만
때론 산자락을 무너트린다
그렇게 흐르다가 마지막엔
높낮이 없는 바다에 이르러
마침내 하얀 안개 되어
승천한다

## 오늘

날이 밝아오는 소리가
삐거덕 거린다
어둠을 가르는 그 소리가 싫을 만큼 크다
삐거덕 이는 지구의 축에
녹이 너무 슨 것은 아닐까
그런대도 날 저무는 소리는
여전하다

# 빈곤과 술

잠시 눈을 감았다. 현기증이 가늘게 흔들이며 스쳐지나가고 이내 세상이 차단된다. 빈 위(胃)위에서 산성액이 한 사발쯤 출렁이며 역류를 시작한다.

눈을 떠본다. 하늘이 노랗게 피고, 지상엔 아무 일 없었다는 듯 조용하다.
울렁이는 '위'를 달래여볼까. 수도꼭지를 튼다. 마른 바람소리만 창문을 흔든다.
살찐 도시의 비둘기들이 제 세상 만난 듯 퍼드덕 난다. 그 뒤를 따라 빈곤한 중생(衆生)들의 갈등이 꼬리 긴 연으로 떠오르고 꼬리를 치며 안무를 해댄다.

또다시 눈을 감고 바지주머니에 찌른 손을 허우적거려본다. 몇 개의 동전이 동그랗게 잡힌다. 누군가 평화는 동그랗다고 했는데, 지금 나는 기막히게 평화롭다.

눈을 뜬다. 아직도 몇 잔에 술이 남아있기에, 살만하다. 벌써 트림이 끄윽 거리고, 무거운 구름 한 무더기가 눈앞에 살포시 내려앉는다.

# 문래공원에서

문래공원에서
가진 것 모두 내리고
시인이 된다
탈색된 눈으로
하늘을 본다

누런 낙엽이 바람에 나부낀다
아름다움이 애잔한 슬픔으로
때론 꽃이 되어 핀다
절대의 고독 속에
남쪽의 그리움이 흩어진다

공원 빈터에서
우리의 엄마가
삶의 그늘을 걷으며
정녕 꽃처럼 보드랍게 선다
어느덧 시인이 된다

## 슬픈 예감

언젠가는 먼 곳으로 가야겠지
알고 있는 모든 것에서부터
떠나가야 한다
어깨에 기대어 오던 긴 머리칼의 싱그러움도,
가슴 속 아릿한 추억까지도
남김없이 두고 가야 한다
그리운, 그리운 이름들도 떨구고
되돌아올 수 없는 길을
홀로 가야 한다
풀벌레 소리 몹시 외로운
그런 가을밤이면,
무슨 노래를 불러야 하지?
가다가, 가다가 또 문득 슬퍼지면
어느 별에서 목 놓아 울 수 있을까
불러, 대답 할 수 없는 길 위에서
허공을 가로질러 네게로 다가가는
한줄기 빛이 되리라
하얀 빛으로 네게 기대어
떨리는 속삭임을 하고 떠나가리라
거역할 수 없는 슬픈 예감으로
이제, 떠나야 할 시간
떠나가야 한다

## 떠나간 계절

새벽녘 문득 잠이 깨었을 때
창밖으로 들려오는 소음
오늘은 마치 좋은 소식이라도 들을 것 같아
소년의 마음처럼 가슴이 울렁거린다

앞마당에 가득히 피었던 꽃들도 다 시들해지고
나뭇가지에 앉아 짝을 부르던 매미들도 떠나버렸다
겨울을 기다리는, 늙어가는 나의 모습

이쯤 살았으면 철이 들만도 한데
언제 이만큼 세월이 흘러가버리고만 것일까

꽃들도, 새들도 모두 떠나간 시간
나는 빈집에서 긴 겨울을 보내야하겠지

돌아올 봄을 기다리며
그리고 꽃은 피고, 매미도 다시 돌아오겠지
옛날의 둥지가 그리워 매미는 다시 돌아오고
꽃들도 피겠지

봄을 기다리는 것이 두려워
오늘을 붙잡고 서 있다
봄을 맞이하는 마음으로 서 있다

# 이별

너를 바라볼 수 없어
너무 고요한 슬픔이
넘치고 있어서야
마지막 시간이
건너 갈 수 없는 넓이로
흐르고 있는데,
차디 찬 커피가 목젖을 적신다
이제 떠날 준비가 됐어
간직할 수 없는 무수한 나날들을 지우면서

너를 바라볼 수 없어
우리 사이를 흐르는 언약의 강
시간이 멈춘다면
잠시라도 웃음을 줄 수 있니
갈바람이 한줄 스쳐가고
넌 떨고 있구나
차디 찬 커피가 목젖을 적신다
이제 떠날 준비가 됐어
간직할 수 없는 무수한 나날들을 지우면서

# 시인

보일 듯, 숨은 것들이 느껴질 때
시인이 된다
슬퍼지면 눈시울이 뜨거워지고,
지상의 모든 것들이 감격으로
열리면,
영락없는 시인이다
때론 분노할 줄도 알고
사랑을 약탈하는 모두에게
침몰을 예언하는 시인은
그 모습 그대로 아름다운 창조자다
시인에게는 어째서
정의조차 애매로 남는 것일까

# 방랑자

나의 가슴은 갑자기 섬세하다
아주, 아주 가벼운 것에도 깊은 상처를 입고,
우우우 울며 돌아선다
하늘이 맑아지면 그만큼 명랑해지고,
어둠이 깃들 때면 슬픈 마음이 된다
우리가 우리를 깨닫게 할 뿐
모두가 이타주의 속에
늘 외로운 난 방랑자

# 제4부

## 꿈

# 꿈

꿈이 있는 곳까지
꿈이 시작되는 곳까지
우리 이제 가야 해
긴 추억의 여행을 하는 거야
산 넘고, 강 건너 아주 먼 나라에까지도
그게 방황일지라도
우린 가야 해
숨겨진 '세 잎 크로버'의 행복을 찾아

# 내가 죽으면

어느 때
내가 죽으면
그 빈자리 누가 와서 울며
꺼억 꺽 슬퍼할까
슬픔은 다만 산 자들의 몫
내가 죽으면
누구의 노래가 공허하게 울려 퍼지며,
내 영혼의 여행길을 즐거워 할까
산 자들이 결코 볼 수 없는 길목마다에
꺾어진 꽃들의
괴이한 신음이 흐르며
의식의 잔해로 남을 것인가
또 누구는 혀[舌]의 가시를 뱉으며
침묵하는 육신 위에 깊은 상처를 낼 것인가
오, 마침내 어느 때 내 죽는 날에

# 단상

또 하루를 보낸다
언젠가 쉴 날이 오겠지
소망함으로 기다림을 버릇처럼
구름처럼 흐르는 시간 위에서
거울을 본다
어느 낯선 이가 마주한다
모든 추악한 것들이 두근거림으로
겹겹 일어선다
눈을 감아도 거울은 우리에게 있다
하루가 지나간다는 것은
어쩜 말할 수 없는 부끄러움으로
거울 속의 짐이 덜어지는 것일까
문득 이 시간에도 하루가 저물어가고 있다

## 갈대가 숨어 피는 이유

산다는 것이 슬퍼져
들녘으로 나서면
갈대줄기들이 바람에 흔들리며 흐느낀다
길섶,
거기 그 자리에 갈대가
숨어 피는 이유는 다만 존재함으로
더 없이 아름답기 때문일지도 모른다
쉬이 이름 할 수 없는 갈대가
거룩해 보임은
오직 한 이가 가장 낮은 데로
임하시는 까닭일까
사는 것이 슬플 때
갈대 밭, 갈대가 핀다

## 초가을

구름 한 점 없는
새파란 가을 하늘은
너무 깊고 푸르러 두렵다
쏟아지는 가을햇살이
내려앉은 나뭇가지에
대롱대롱 매달린 나뭇잎
스쳐지나가는 소슬한 바람에
낙엽이 되어 떨어진다
잎잎이 가득하던 여름 꿈 조각들이
겨울을 견디지 못하고 흩어진다
미련도, 아쉬움도 없이
새로운 봄날,
새로운 탄생을 위해
묻혀 썩는다
유리알 같이 푸르고 맑은
가을 하늘이 두렵기만 하다

# 취중언시(醉中言詩)

달면 삼키고 쓰면 내뱉는 시고 떫은 한 세상

시인은 태어나서 아름다운 글 같은 꽃밭을 만드는데
정치인은 죽어서도 썩을 글 같은 쓰레기만 남긴다

반쪽 나라 썩은 무리 다수가 옳다 하고 소수는 틀리다 하며
흰 것도 검다 하고 검은 것도 희다 하며 옥신각신 노략질만 한다
힘없는 놈은 죄인이다,
그러나 힘 있는 놈은 정의고 진리다

힘없는 놈은 열 받아죽는데
힘 있는 놈은 배치며 산다

아래 입으로 새끼가 나오고 위 입으론 세상이 터져 나온다

# 하산 길

참 웃긴다
어이도 없다
산에서 길을 잃어버리다니
저 멀리 사람들이 내려가는 것이 뻔히 보이는데
한 달에 몇 번은 오른 산행 길에서
내려가는 길을 찾지 못해
두어 시간 이리저리 식은땀을 흘리며
헤매는 꼴이라니,
더 웃기는 건
사람을 만나 반가운 마음에 길을 물으니
그 사람 역시 그냥 길을 찾아 내려오는 거라네
배낭을 맡긴 휴게소만 아니라면
다른 길이라도 따라 가련만
아내가 사준 명품 배낭 버릴 순 없지
다른 사람도 나처럼
길을 잃어버릴 때도 있겠지
우왕좌왕 하는 게 우습다
산에서 길을 잃어버리듯
인생길도 이렇게 잃어버리고
우왕좌왕 헤매이겠지

# 해 질 무렵에

마지막 남은 햇빛이
절망을 토하고
시간조차 잠시 머뭇거릴 저물 무렵
바람에 흐느끼는 꽃잎들은
다시 기도를 시작하는데

흩어진 사물들이 하나로 모이고
하늘 가는 길이 붉게 열린
해 질 무렵
임진각 하늘 노을빛은
붉게 타기 시작한다

태어나기 위하여
죽어가는 모든 것을
만나기 위하여 헤어지는 모든 것들
해 질 무렵 강가에 서면
슬픔을 등에 지고 가는 가을 나그네의 긴 그림자

서서히 지워져간다
점점 멀어져간다

# 향수

칠흑 같은 어둠 속,
쏟아지는 장대비를 맞으며
구름 사이로 내 비취는 햇살의 따뜻함을 알았다

빛바랜 나뭇잎이 하나 둘,
떨어지는 것을 보면서
가을이 오는 소리를 듣는다

어제 보았던 하얀 달이 흘러간다
지워지지 않는 고향이
어린아이처럼 내 마음 안에 잠들어있다

## 회심(灰心)

이른 아침 일터로 나간
아내가
차려 놓은 식단

사열을 받는 병사처럼
가지런히 진열되어 있다

미운 곳이 없는
아내의 정이 소록소록 솟아난다

접시를 닦는다
회심(灰心)에 마음을 닦아내듯
하나하나 물기를 닦는다

아내의 마음처럼 뽀얀 접시를
하얗게 닦는다

닦고 또 닦으며
마음에
설거지를 한다

# 횟집에서

횟집에서 회를 시킨다
접시 위의 우럭 원형 그대로
포를 뜨고 깍두기처럼 두껍게 살이 썰린 채
무채와 함께 푸짐해 보인다
쇠주는 듣기도 좋은 '참이슬'
차디 찬 쇠주 한 잔이 목줄을 타고 흘러내린다
상추쌈에 마늘을 넣어 미리 한 점 씹던
지우가 그놈 참 씹히는 맛이 고소하단다
그 허언 살점을 향해
젓가락을 대는 순간
아기미가 아직도 풀썩 한다
화들짝 놀라 자세히 보니 꼬리까지 꿈틀 한다
이놈이 아직도 덜 죽었는가보다
이놈이 아직은 더 살고 싶은가보다
한 세상, 납작하게 엎드려 살던 사람들인데
차가운 술 맛보다 뒷골이 더 차갑다
입가에 시뻘건 초장을 묻힌 채 웃고 있는 지우가
흡혈귀처럼 무서워진다

# 희망

막차가 떠난 차가운 대합실
외로운 겨울비가
밤새 소리 없이 흐느낀다

더디 갈 수도, 거부할 수도 없는
어둠이 깔린 긴 터널과
비바람 몰아치는 험한 길을 따라
떠나야만 하는 여행길

문득 그대가 한없이 그리워지는 시간에
보이지 않는 티켓 하나
가슴에 묻고
막차가 떠난 차가운 대합실에서
새 아침의 첫차를 기다린다

# 허상의 꿈

저물어 가는 해를 따라
드센 바닷바람을 헤치며
걸어가는 나그네
모래밭 위에
무수한 발자국을 뒤로 남기며
길게 늘어진 그림자를 끌고 간다
바닷새들은
물 위에 발자국을 남기지도 않고
거뜬히 하늘로 치솟아 오르는데
외롭고 힘들게 걸어가는 나그네가 남긴
무수히 찍힌 발자국
밀려오는 파도에 잠겨 지워진다

# 갈잎의 노래

해풍에 밀려온 바닷가 모래들의 속삭임이
가늘게 흔들리는 갈대밭에
주저앉다

하얀 구름 사이로
너의 모습이 아른거린다
네가 남긴 빈자리가 더 아름다운 것은
그리움이 갈가리 찢어진 후

밀려오는 해풍의 따가움으로 눈물 흘리며
어느 덧, 나는 밤하늘의 별이 되어
왱왱대는 갈대들의 그리운 노래를 듣는다

# 귀의(歸意)

이제 떠나온 곳으로 가야 한다
이제껏 머물렀던 모든 것에서부터
훌훌 털고 떠나가야 한다
어깨에 무겁게 내려앉았던 거친 옷가지도
가슴 속 아릿한 추억까지도 남김없이
내려놓고 가야 한다
그리운 이름들을 버리고,
되돌아올 수 없는 먼 길을
혼자 가야 한다
풀벌레 소리 없이 외로운
그 길을,
가다가 문득 슬퍼지면
난 어떤 노래를 불러야 할까
어느 별에서 목 놓아 울어볼까
불러도 대답할 수 없는 길목에서
어둠을 가르며 네게로 다가가는
한줄기 빛이 되리라
그리고 떨리는 속삭임으로
"사랑했노라"며 가리라
예행연습도 없고, 딱 한 번뿐인
먼 그 길을
이제는 떠나온 곳으로 가야 한다

## 어둠의 시간 속에서

어둠의 시간
누군가는 지금 울고 있는 사람
까닭 없이 우는 그 사람은
나를 울리게 한다

어둠의 시간
세상 어디선가 지금 웃고 있는 사람
까닭 없이 실성한 것처럼 웃는 그 사람은
나를 비웃는 것이다

어둠의 시간
어디선가 지금 걷고 있는 사람
목적지도 없는 공원길을 맴돌며 헤매는 사람은
오지 않을 누군가를 기다리는 것이다

어둠의 시간
세상 어디선가 지금 이 시간 누군가는 죽는다
이유 없이 죽어가는 그 사람은
내게 모든 것을 내려놓으라고 속삭인다

## 거울 앞에서

남들에게 좀 어리석어 보일지라도
난 바보가 되는 연습을 하고 싶다
잘난 체 많은 말을 떠벌리고 난 후엔
더욱 공허함을 느낀다

많은 말이 얼마나 사람들을 피곤하게 하고,
얼마나 가슴 아프게 하고,
허탈하게 하는가
그래서 나는 바보가 되어
처음의 '동심'으로 돌아가고 싶다

내 안에 설익은 지식을 담아두고
설익은 감정도 묶어두면서
때를 기다리는 바보가 되는 연습을 하고 싶다

풍성하게 익은 지혜나 생각일지라도
더욱 굳게 억제하면서
김치찌개를 맛있게 할 수 있는 신 김치처럼
발효되는 바보 소리를 듣고 싶다

거울 앞에서
내 안에 슬픔이 있고

분노가 있고, 기쁨이 있을지라도

때로는 억울하게 비난의 소리들을 때도
해명을 하거나, 변명도 하지 않으며
모든 건 지나가리라
무시하며 바보처럼 살고 싶다

그런 용기와 배짱도 지니면서
그런 바보가 되어 살고 싶다

# 슬퍼하지 마

갑자기 쏟아진 여름 소나기
옷을 흠뻑 적셔놓고 달아난다
있잖아, 옷 젖었다고
한숨 짓지 마
햇빛과 여름바람은
한쪽 편만 들지는 않아
꿈이란 가난해도 평등하게 꿀 수 있거든
살다보면 속상한 일도 많겠지만
슬퍼하지 마
살아있기에 좋은 거야
그러니 너도 슬퍼하지 마

# 그리운 사람들

겨울비가 내리고
밤새 눈이 소복이 쌓이는 날이면
추억 속에 묻어 둔
그리운 사람들의 얼굴이
하나 둘 떠오른다
그때는 몰랐는데
세월이 지난 지금 아름다운 상처로
남았다
소록소록 피어나는 아픔 추억들
눈비가 내릴 때마다
가슴을 촉촉이 적시며
흔적도 없이 지워져 간다

# 능소화 연정

공원길에 곱게 핀 능소화를 보기 위해 허리를 구부렸다가
수줍은 듯 홍조를 띤 능소화에게 '안녕' 하며 인사를 했다
그리고 물었다
천둥번개 울부짖음이 무섭지 않았느냐고?

뜨거운 땡볕 열기,
안양천 바람으로 식히면서
연하디, 연한 꽃잎 지키려다
애간장 얼마나 태우며, 눈물을 삼켰느냐고?

푸르던 잎이 때 되어 노오란 옷 입고
먼 길 떠날 채비 서두를 때,
이별을 준비하는 그 심정은 또 어떠했느냐고?

남은 자식들에게 잘 있으라고,
앙상한 가지 싹싹 훑어 모으며
마지막 인사는 무슨 말을 했느냐고?

외롭고 힘든 건 너만 그런 게 아니라고
사람도 눈물을 흘리고, 이별을 준비한단다
그래서 난 말없는 네가 좋아

의연한 능소화는
나도 알고 있다는 듯,
하이얀 미소로, 고개를 끄덕이며 손짓한다
영원한 것은 없다고

# 귀향 길

연이은 폭염만큼
정치 촌충들 싸움에 마음마저 뜨겁다
어디에서 왔는지
어디쯤 가고 있는지
아무도 알 수 없는 그 길을
오늘도 어제처럼 걸어간다

가을이 되어서야
비로소 깨닫게 되는 그리움의 시간들
사랑을 알게 될 때쯤
사랑은 내 곁을 떠나간다

겨울을 맞이하며
나 자신을 알게 되었을 땐
붙잡고 싶었던 그리움의 시간들과
욕망의 시간들까지 많은 것을 잃었다

그러나 이제는 어디로 가야 할지
걱정을 하지 말자.
그냥 어제처럼 오늘을 살자

겨울 문턱에서 맞이하는 시간 앞에
모두가 잃고 싶지 않은 추억들
내려놓자

내일이 없는 깨달음의 시간은
얼마만큼 남아 있을까

어디에서 와서
어디로 가고 있는지
아무도 알 수 없는 그 길을
예행연습도 없이 걸어가고 있다

무심코 살다보면
그냥 지나가던 바람이
나를 데리고 가겠지

## 이방인

문래역 3번 출구
길을 가다가 잠시 멈추었다
스쳐지나가는 사람들
모두가 낯선 얼굴들이다
무표정한 모습으로 그들은
바쁘게 움직이고 있다

멈출 때가 아닌데
가던 길, 멈춘 까닭을 모르겠다

한낮에 태양도,
밤하늘에 별도 달도,
수억 년을 두고 늘 그래왔듯
지나간 자리에 일체의
흔적도 남기지 않은 채로
쉬지 않고 흘러만 간다

아직은 멈출 때가 아닌데
문래 전철역 3번 출구에서
멀거니 지나가는 사람들을 바라본다
어디서 왔다가
어디로 가는 걸까

분주한 그들의 발자국도 나의
절름발이 발자국 모두
어느새 가을바람에 밀려
아무런 흔적도 없이 흘러만 간다

# 내 벗은

고요한 이 한밤에
눈을 감고 가만히 벗을 생각하니

물과 바람과 나무
그리고 달

오늘 밤 떠오른 둥근 달 속에
아버지, 어머니 그리고 수녀 여동생이
나를 반기며 웃는다

언제나 나를 버리지 않는 이만한 벗이 또 어디 있으리

인터뷰 기사

# 교회 밖의 세상!<br>그곳도 저의 목회지입니다

섬김을 위해 노동하는

안호원 목사(성지교회)

왜 목사가 모텔 청소원이 되어야만 했을까? 왜 자신도 개척교회 목사면서 개척교회 후원에 앞장을 서야만 했을까? 성지교회 안호원 목사의 삶은 그랬다. 공무원이었던, 인권운동가였던, 언론인이었던 안호원 목사는 자신 스스로를 내려놓고 늘 같은 자리에 서있었다.

안호원 목사가 모텔 청소원을 해가면서 얻은 수익이 개척교회를 도운 일은 이미 많은 언론을 통해 세상에 알려졌다. 어쩌면 목사라는 직분을 가졌기에 더욱 하기 힘든 일이었음에도 안 목사에게 그런 것은 중요하지 않았다.

그에게 목사라는 직분은 높고 낮음의 직분이 아니라 세상 속에 뛰어들어 믿지 않은 사람들, 소외된 사람들, 힘들고 지쳐서 누군가 등을 두드려 줘야 할 곳에 있는 사람이라고 생각한다. 그러기에 자기 스스로도 여유롭지 않아도 늘 그들과 함께 해왔다.

"내가 하는 모든 일이 목회자가 하는 일이죠. 목회자이니 교회 안에서 설교만 하고 있어야 한다고는 생각지 않습니다. 소외된 이웃들과 함께 하는 것 그 자체 역시 목회자가 해야 할 일입니다. 교회 안에서 말씀을 전하는 것도 매우 중요한 일입니다. 그런데 저는 교회 안의 목회자로 머무는 것이 아니라 현장의 목회자가 되기를 바랐습니다."

안 목사는 매주 목요일이면 영등포 사거리에 있는 장애자센터에 가서 밥을 퍼주는 활동을 한다. 더불어 독거노인들이나 중증장애인 가정에도 꾸준히 방문해서 직접 청소도 해주고 없는 돈을 내어 냉장고나 세탁기 등을 교체해주는 일도 한다.

장애인들이나 노숙자들, 그리고 독거노인들에게 무언가는 주는데 노력하지 않고 단지 그들과 함께 있어 준다. 도와줄 수 있는 부분은 도와주기도 하지만 안 목사의 첫 번째 목적은 그들과 함께 호흡하는 것이다. 이야기를 나누고 함께 먹고 함께 마시며 함께 웃고 함께 운다. 주는 사랑이 아니라 사랑을 서로 나눈다. 그러다 보면 사람에게 가지고 있는 경계심을 적어도 안호원 목사에게는 갖지 않게 된다.

그러다 보면 세상도 싫고 교회도 싫고 목사도 싫다고 하던 사람들이 스스로 예수에 대한 관심을 보이기 시작하고 믿음에 대한 희망을 만들어 낸다. 그것이 안 목사가 지향하는 복음의 전파다. 그런데 그런 안 목사의 모습을 기이히 여기는 사람이 많다. 목사가 그들과 함께 막걸리 잔을 기우리는 것을 보면 '목사가?'라는 의문점을 보이며 눈살을 찌푸리는 이들도 있다. 그런데 안 목사에게는 이런 일들이 별일이 아니다.

"그들에게 다가가기 위해서는 절대 가식적이어서는 안 됩니다. 춥고 배고픈데 돈도 없는데 그럼에도 막걸리 먹고 싶다고 이들에게 단순하게 복음을 전하는 것은 오히려 역효과만 있습니다. 그래서 그들과 같은 곳에 앉아서 막걸리 한잔을 기우립니다. 물론 이상한 눈으로 보시는 분들도 계십니다. 그런 분들에게 항상 이야기 하는 것은 '나무도 바람에 흔들리지만 뿌리가 깊으면 나무가 흔들리지 않는다'라는 말입니다. 뿌리가 튼튼하면 전혀 문제가 안 된다는 것입니다. 내 중심의 신앙이 흔들리지 않으면 겉모습이 중요하지 않습니다. 오히려 그들의 중심을 움직이게 하는 것이 더 중요하지요."

이 모든 것들이 안 목사가 언론인 시절 인권 운동을 하면서 배운 '소통의 길'이다. 안 목사 스스로도 생활고로 덕소에 있는 생산직 공장에서 근무한 적이 있는데 돈을 벌기 위해서 갔지만 그곳에서 생산직 노동자가 인격적인 대우를 못받고 과다한 업무에 시달리는 모습을 체험했고 그것이 늘 안타까웠던 안 목사는 노동운동에 가담했고 결국 직장에서 그만두는 일도 있었다.

또 언론인 시절이었던 전두환 정권기에는 언론노조 부위원장을 맡는 등 쉽지 않은 시간을 보냈다. 그러면서 안 목사는 소통이라는 방향을 배웠다. 가난하다고, 힘이 없다고 해서 무조건 그들에게 다가서는 것이 아니라 인간 대 인간의 마음으로 그들에게 다가서는 방법을 배웠다는 것이다. 그 만큼 안호원 목사는 사회참여에 열심이다. 47년 이상을 이런 마음으로 살아오면서 많은 사람들과 함께 호흡했는데 특이한 것은 안 목사 스스로 노동을 통해서 재원을 마련했다는 점이다. 다른 이들에게 손을 벌려서 하지 않고 모텔 청소 노동처럼 자신이 일을 해서 번 돈으로 다른 사람들을 돕는다. 안 목사가 자신의 손으로 번 돈으로 다른 이들을 돕는 가장 큰 이유는 '섬김'이라는 단어 때문이다. 그래서인지 다른 목회자들을 만나면 가장 많이 하는 말이 '제발 말로만 하지 말고 섬기는 자가 되라'다. 목회자는 직책의 구분일 뿐 상위 직책이 아닐 뿐 더러 섬기기 위해서 오신 예수 그리스도를 몸서 체험하면서 실천하는 것이 목회자가 해야 할 일이라고 강조한다.

앞에서 말한 '모텔 청소 노동' 역시 평소 알고 지내던 개척교회를 돕기 위함이었다. 2000년부터 지금까지 꾸준히 개척교회를 돕고 있는데 이 개척교회 담임목사들이 대부분 안 목사의 실천 신학대학교대학원(실천대학원 1기 총동문회장)동기들이다. 그동안 본인 스스로 어려움도 있었지만 안 목사는 "하나님이 나에게 준 것을 전달하는 것이니 하나님께 감사하라"고 말한다. 앞에서도 말했지만 아이러니하게도 안 목사 역시 개척교회 담임목사다. 18년을 섬기던 교회를 후배에게 물려주고, 지난 2013년 성지교회를 개척, 현재까지 목회를 이어오고 있다. 성지교회라고 이름을 지은 이유는 '거룩한 땅'이 되길 바라는 마음이었는데 지금 안호원 목사는 '이 세상 거룩한 땅이 아닌 곳이 어디 있는가?'라며 후회한 적도 있었다. 그래도 지금은 아름답고 평화로운 교회가 되기 위해 노력한다.

이런 개척교회 목사가 아무리 동기들이라지만 개척교회를 지원하는 일은 쉬운 일이 아니다. 그래서 안호원 목사는 '노동'을 한다고 말한다.

사실 안호원 목사는 다재다능한 면을 보였다. 미술 전공을 하다가 팔을 다치고 1년 6개월 간 병원 생활을 하면서 엽서를 통해 친구에게 편지를 보내다 보니 시를 쓰게 됐고 우연히 연기를 하게 되면서 1997년 '병자삼인'이라는 연극을 하기도 했고 MBC 〈허준〉 드라마에도 참여했다. 또 지난 4월 6일부터 9일까지 서울 세종문화회관에서 진행된 〈춘희〉라는 오페라에 단역이기는 하지만 출연하기도 했다.

그리고 영등포 지역의 퇴직자들이 만든 사회봉사단(초대 단장)에서도 활동하면서 다양한 재능을 뽐내기도 한다. 안호원 목사는 다양한 활동을 하면서 쉼 없는 삶을 살아온다. 그럼에도 복음을 전하는 것이 본인의 사명임을 잊은 적이 단 한시도 없다. 그렇게 사회 속에 뛰어들어 예수의 삶을 몸으로 전하고 있는 안호원 목사를 우리는 기억하고 또 느끼고 있다.

# 귀의歸意

안호원 지음

발 행 처 · 도서출판 청어
발 행 인 · 이영철
영 업 · 이동호
홍 보 · 천성래
기 획 · 남기환
편 집 · 방세화
디 자 인 · 이수빈 | 김영은
제작이사 · 공병한
인 쇄 · 두리터

등 록 · 1999년 5월 3일
(제321-3210000251001999000063호)

1판 1쇄 발행 · 2021년 10월 10일

주소 · 서울특별시 서초구 남부순환로 364길 8-15 동일빌딩 2층
대표전화 · 02-586-0477
팩시밀리 · 0303-0942-0478

홈페이지 · www.chungeobook.com
E-mail · ppi20@hanmail.net
ISBN · 979-11-5860-977-1(03810)

본 시집의 구성 및 맞춤법, 띄어쓰기는 작가의 의도에 따랐습니다.